Souberbielle

QUELQUES REMARQUES

SUR LES

DEUX DERNIERS ÉCRITS

De M. Civiale.

PARIS, IMPRIMERIE DE BÉTHUNE,
RUE DE VAUGIRARD, N. 36.

QUELQUES REMARQUES

SUR LES

DEUX DERNIERS ÉCRITS

De M. Civiale,

INTITULÉS

1° **Considérations pratiques sur la Méthode Suspubienne**,
(*Insérées dans le premier numéro du* Journal des Connaissances
médicales ; *août* 1833.)

2° 4° LETTRE SUR LA LITHOTRITIE, OCTOBRE 1833.

PAR M. SOUBERBIELLE.

PARIS,

BAILLIÈRE, LIBRAIRE,
RUE DE L'ÉCOLE-DE-MÉDECINE.

—

1835

Dans un précédent écrit j'avais taxé M. Civiale
de déprécier l'opération de la taille (lettre à l'académie des sciences sur la statistique des affec-
tions calculeuses). Ce chirurgien répondit par
une lettre dans laquelle il cherche à établir qu'il
ne mérite pas ce reproche, et il donne en preuve
les recherches qu'il dit avoir faites sur la taille,
lesquelles, dit-il, *n'ont pas été sans utilité.* Un
peu confus de ne pas connaître les travaux *utiles*
de M. Civiale sur un sujet qui a fait l'occupation
de toute ma vie, j'ai dû rechercher quels recueils
en avaient été dépositaires, et l'unique résultat de mes investigations a été de trouver, dans
le premier numéro du Journal des connaissances
médicales , un article intitulé : *Considérations
pratiques sur la cystotomie suspubienne.* Comme
la lithotritie, à laquelle M. Civiale cherche à rat-

tacher son nom, donne de l'importance à tout ce qui sort de sa plume relativement aux calculs vésicaux, j'ai dû faire à cet article une attention qu'il ne mériterait pas sans cette circonstance, comme il me sera facile de le démontrer. Tel est le motif qui m'a déterminé à écrire les réflexions qui suivent.

REMARQUES

SUR UN ARTICLE

DE M. LE DOCTEUR CIVIALE

INSÉRÉ DANS LE JOURNAL

DES CONNAISSANCES MÉDICALES, PREMIER NUMÉRO,

Sous ce titre :

CONSIDÉRATIONS PRATIQUES SUR LA CYSTOTOMIE SUSPUBIENNE.

———◦———

Si dans le grand nombre d'écrits qui paraissent chaque jour sur la chirurgie, quelques-uns prouvent une tendance à la recherche des perfectionnemens dont les opérations sont susceptibles, plusieurs au contraire semblent être publiés dans un tout autre but que l'intérêt de l'art, et leurs auteurs, s'ils ne comptent pas sur l'indifférence ou l'ignorance de ceux qui veulent bien les lire, font au moins preuve d'une aveugle présomption. Je puis, sans crainte d'être taxé de partialité, ranger dans cette dernière classe les *considérations pratiques sur la cystotomie suspubienne.*

Dans l'intérêt de la vérité, et afin de rester dans les bornes d'une saine critique, nous croyons devoir citer quelques passages de cet article, les examiner en particulier, pour faire ensuite, sur chacun d'eux, des ré-

flexions qui pourront peut-être réduire les considérations du docteur Civiale à leur juste valeur.

« L'application de la cystotomie doit se trouver ré-
» duite aujourd'hui à un certain nombre de cas dans
» lesquels la lithotritie est impossible. Toutefois cette
» opération est toujours digne de fixer l'attention des
» praticiens. »

Telles sont les premières considérations pratiques
que nous devons à notre auteur. Si l'on pouvait tenir
à ce que M. Civiale fût conséquent avec lui-même, on
ferait remarquer qu'il y a loin du langage qu'il tient
aujourd'hui à celui qu'il tenait naguère, lorsqu'il allait
d'académie en académie proclamant que la cystotomie
était une opération *cruelle, barbare, terrible, funeste
dans ses résultats.*

Maintenant, nous l'avouerons, ce n'est pas sans un
certain plaisir qu'on voit M. Civiale daigner regarder
comme digne de fixer l'attention une opération qui, il
est vrai, a de tous les temps été considérée comme une
des plus importantes de la chirurgie, par de grands
praticiens dont la célébrité repose souvent sur les modifications utiles qu'ils ont pu lui faire subir.

Sans attacher plus d'importance qu'elle le mérite à
l'opinion de M. Civiale sur la cystotomie, le langage
différent qu'il tient sur cette opération, les recherches
plus ou moins utiles auxquelles il se livre et dont il
occupe exclusivement l'académie, pourraient faire
croire, ou que la lithotritie lui a été souvent infidèle,
ou qu'il serait bien aise de prendre rang parmi les
chirurgiens qui s'occupent de lithotomie ; si toutefois ,
ce qui paraît probable, l'instrument lithotripteur qui

vient d'être imaginé faisait tomber dans l'oubli celui qu'il a cru devoir adopter.

Puisqu'il est bien reconnu que M. Civiale s'est amendé sur le compte de la taille, ne peut-on pas espérer que, quand il aura encore réfléchi, mieux consulté ses souvenirs, au lieu de dire que la cystotomie doit se trouver réduite à quelques cas, dans lesquels la lithotritie est impossible, il reconnaîtra au contraire, que l'opération de la taille est la plus généralement applicable, et que la lithotritie mise en pratique sur quelques individus par des chirurgiens probes, pourra être tentée, sinon souvent avec succès, du moins sans compromettre l'existence des malades, ce qui malheureusement n'a pas toujours eu lieu jusqu'à présent.

M. Civiale ne se borne pas à établir d'une manière générale que la lithotomie est applicable dans un certain nombre de cas ; il donne la préférence au haut appareil, et au sujet de cette méthode, il dit : « Dans deux »lectures faites, la première en 1826, à l'Académie de »Médecine, et la deuxième, en 1830, à l'Académie des »Sciences, j'ai exposé les divers perfectionnemens qui »ont été apportés dans ce procédé de cystotomie. Ces »perfectionnemens, adoptés par plusieurs chirurgiens »distingués, ont produit les résultats qu'on en atten-»dait. »

En voyant avec quelle complaisance M. Civiale rappelle deux de ses nombreuses lectures faites dans les académies, on se demande quelle a été son intention en parlant dans son article d'une manière aussi ambiguë des perfectionnemens apportés au haut appareil. S'il a voulu faire croire que dans ses lectures il s'est

contenté de signaler à l'attention des praticiens les recherches de ses contemporains, nul doute que les
hommes qui s'occupent avec zèle de la taille suspubienne ne fussent charmés de savoir qu'ils ont pour
historien de leurs travaux un savant tel que M. Civiale :
si au contraire, ce qui est plus probable, ce chirurgien
a voulu laisser à penser que des perfectionnemens lui
étaient dus, nous ignorons entièrement en quoi ils
consistent, nous qui savons qu'il opère, comme la
généralité des praticiens, sur la ligne blanche, et que
les modifications apportées aux instrumens dont il se
sert ne sont pas de lui. Peut-être comme perfectionnement a-t-il voulu parler seulement de l'injection qu'il
fait avant d'introduire la sonde à dard; mais qui ne sait
que quand on se sert d'un conducteur pour inciser la
vessie, non-seulement l'injection est inutile, mais
qu'elle est encore fâcheuse par les douleurs qu'elle pro-
voque. Et nous rappellerons ici ce que nous avons dit
ailleurs, c'est que les résultats obtenus à l'hôpital Necker
par M. Civiale, à la suite de la taille hypogastrique,
éloignent toute idée de perfectionnement.

Malgré la préférence que M. Civiale accorde au haut
appareil, il est loin de ne pas lui reconnaître des inconvéniens, et il en signale un d'une manière toute particulière ; laissons-le parler. « Il est un accident que la
» cystotomie occasione souvent et contre lequel les
» ressources de l'art sont presque toujours insuffisantes,
» je veux parler de l'infiltration d'urine. . . . .

. . . . , .

. . . . » Cet accident est surtout à redouter après la

» taille suspubienne; les moyens connus de le prévenir
» ou de le combattre sont inutiles, insuffisans. »

Si le rire était permis lorsqu'il s'agit d'un des points les plus importans de la chirurgie, nous pourrions peut-être avouer que les craintes qu'inspirent à M. Civiale les infiltrations d'urine après le haut appareil, nous rappellent l'effroi que causèrent certains moulins à un chevalier errant qui croyait avoir pour mission de renverser, briser, broyer tout ce qu'il rencontrait. Pour rester dans la gravité que comporte l'objet dont il est question, nous déposons l'arme du ridicule à laquelle s'expose si souvent M. Civiale, et nous tâcherons de rechercher avec lui comment il a été conduit à établir que l'infiltration de l'urine dans le bassin est surtout à redouter après la taille suspubienne.

Ce n'est certainement pas d'après les observations publiées par les anciens antagonistes du haut appareil, puisqu'il en est à peine une qu'on puisse regarder comme authentique; ce doit être encore moins par la lecture d'un ouvrage publié dernièrement et dont l'auteur regarde comme chimériques les craintes inspirées par l'infiltration d'urine; enfin ce n'est pas par des renseignemens recueillis sur notre pratique; car nous affirmons sur l'honneur qu'après plus de cent opérations pratiquées au-dessus du pubis, nous n'avons eu occasion d'observer qu'une seule fois l'accident dont parle M. Civiale; et il était dû dans ce cas à une circonstance particulière, étrangère au procédé opératoire (1). C'est

---

(1) Après l'extraction du calcul, un des assistans introduisit

donc à sa pratique particulière qu'il faut descendre pour trouver des exemples d'infiltration d'urine, et alors ses craintes peuvent paraître fondées; en effet, si avec des doigts peu exercés on déchire le tissu cellulaire qui environne la vessie, ou si l'on pousse dans cet organe la sonde à dard avec une énergie capable de le déchirer, comme cela est arrivé avec l'instrument lithotriteur, nul doute que des accidens d'infiltration ne puissent se manifester.

Nous ne suivrons pas M. Civiale dans ses redites sur les inconvéniens de l'incision pratiquée au périnée avant d'inciser la vessie au-dessus du pubis. Cette incision a été abandonnée depuis long-temps ; c'est une question à peu près jugée par l'expérience, il est donc inutile d'y revenir. Ce n'est pas ici le cas de discuter si elle ne pourrait pas être avantageuse dans quelques circonstances, et il ne faut plus s'occuper que de la sonde de gomme élastique placée dans l'urètre pour favoriser la sortie de l'urine après l'extraction de la pierre par le haut appareil. Voici ce que M. Civiale dit à ce sujet. « Il est des cas dans lesquels la sonde a » tous les inconvéniens de la canule. Les premiers jours » l'urine s'écoule par cette voie d'une manière facile et » régulière; le malade en est à peine incommodé; mais

---

indiscrètement son doigt dans la plaie, pour juger de l'état de la vessie, mais, quoiqu'il le fit pencher profondément, il n'arriva pas dans cet organe; son doigt fit fausse route à droite, et l'autopsie a montré le décollement qui en résulta. J'aurai occasion, en publiant cette observation, de faire sentir les conséquences d'une lésion de ce genre.

» vers le quatrième jour, la plaie change de couleur; elle
» est baignée par une grande quantité d'urine, le ma-
» lade se plaint d'un malaise général, la sonde le fati-
» gue; l'urètre, le pubis, le périnée, deviennent sensi-
» bles au toucher; une matière puriforme s'écoule par
» l'urètre : bientôt l'urine cesse de couler par la sonde,
» quoique celle-ci ne soit ni bouchée ni déplacée; toute
» tentative pour rétablir le cours de l'urine par cette
» voie devient inutile, et l'exagération des symptômes lo-
» caux et généraux met bientôt dans la nécessité de re-
» tirer l'instrument. »

On peut diviser en deux parties principales tout ce
qu'on vient de lire. Dans la première se trouvent des
détails d'une vérité vulgaire, soit sur le peu d'incom-
modité que cause aux malades la présence d'une sonde
après le haut appareil, soit sur le changement de couleur de la plaie après le quatrième jour, phénomène
qui ne paraîtra pas surprenant à tout chirurgien un peu
éclairé sur la marche des plaies qui doivent suppurer,
soit enfin sur l'écoulement puriforme par l'urètre; que
tout externe des hôpitaux ne sera pas étonné de ren-
contrer dès qu'il aura seulement observé quelques malades dans la vessie desquels une sonde aura séjourné
un certain temps.

Quant à la seconde partie qui se compose d'un ta-
bleau rembruni de l'état des malades après le haut appareil, elle annonce peu de bonne foi de la part de
M. Civiale, s'il a prétendu établir qu'il en était ainsi
dans la généralité des cas; elle est vraie, au contraire,
s'il n'a eu égard qu'aux deux observations qu'il rap-
porte, et d'après l'examen desquels on verra si les ac-

cidens qui se sont manifestés doivent être considérés comme inhérens au haut appareil, ou plutôt comme n'ayant tenu qu'à la manière dont l'opération a été pratiquée.

Tout en proclamant les résultats fâcheux de la présence d'une sonde dans l'urètre, M. Civialé avoue « qu'on ne peut trouver l'explication de ce fait. » Sans doute une pareille réserve de sa part surprendra ceux qui connaissent son ingénieuse facilité à faire entrevoir certaines explications physiologiques; facilité du reste dont il a fait preuve, lorsque voulant rendre compte comment il arrivait qu'un haricot introduit dans l'estomac, devint le noyau d'un calcul vésical, il s'est demandé *si pour parvenir de l'estomac dans la vessie, ce corps ne suivait pas le torrent de la circulation.*

Pour revenir aux accidens, qui, selon notre auteur, *dépendent d'un épanchement d'urine dans le bassin,* nous dirons qu'on aurait tort de s'en effrayer, puisqu'il résulte *des recherches multipliées du docteur Civiale sur les fonctions de la vessie et les lésions des organes génito-urinaires,* qu'il suffit, pour arrêter les progrès de l'infiltration, *d'observer le malade, d'enlever la sonde et de faire des pressions temporaires sur l'hypogastre.* Voilà par quelles prétentions ridicules M. Civiale termine ses considérations pratiques dans lesquelles en moins de deux pages, il a eu l'art d'accumuler erreurs sur erreurs. A-t-il été plus heureux dans l'examen des deux faits qu'il publie? c'est ce qu'on va être à même de juger,

Ce qu'il peut y avoir de chirurgical dans le premier cas, se réduit à ceci : un homme dont la pierre était volumineuse, dont le canal de l'urètre, très-irritable, se trouvait rétréci en plusieurs endroits, est d'abord soumis à l'usage des sondes ou bougies, puis à l'essai infructueux de la lithotritie; on l'opère par le haut appareil, l'extraction de la pierre est longue, difficile. Six jours après l'opération, l'hypogastre, le pubis, le périnée, la verge deviennent douloureux; la sonde est retirée, des pressions exercées sur l'hypogastre favorisent l'écoulement d'une matière purulente *accumulée vers le col de la vessie*; l'urine s'écoule par la plaie, et le malade guérit.

Pour prouver qu'une sonde mise dans le canal de l'urètre après la cystotomie sus-pubienne cause des accidens, et que l'opération peut être suivie d'épanchement d'urine dans le bassin, M. Civiale a mal choisi son exemple. En effet, les accidens développés du côté du canal et du col de la vessie n'ont peut-être été dus, chez son malade, qu'aux dilatations violentes qu'il lui a fait supporter à l'urètre, dans ce qu'il appelle la préparation du canal, ou à l'introduction de son instrument lithotriteur; s'il en doutait nous pourrions lui rappeler quelques observations qui ne sont peut-être plus présentes à sa mémoire. Quant à la grande quantité du pus accumulé dans le trajet de la plaie, il n'est pas besoin, pour en expliquer la présence, d'admettre un épanchement d'urine dans le bassin, il suffit de se rappeler que par l'opération l'extraction de la pierre a été longue, difficile, et M. Civiale, plus que personne, doit savoir que si pour extraire une pierre volumineuse de la vessie on fait des incisions trop petites et des tractions trop fortes, le tissu cellulaire de la région hypogastrique tiraillé, distendu, déchiré même, ne manque pas de s'enflammer et de fournir une grande quantité de pus.

Dans la seconde observation, il est question d'un calculeux sexagénaire, faible, épuisé par les souffrances et des écarts de régime. Si l'on en croit M. Civiale sous le rapport de la santé générale, de l'état du poumon et des organes génito-urinaires, cet homme se trouvait dans les conditions les plus défavorables à la lithotritie, tandis qu'au contraire la cystotomie suspubienne paraissait devoir être facile; elle fut faite. Malheureusement, comme le sixième jour il n'y avait aucun doute sur l'existence d'une infiltration d'urine dans le tissu cellulaire pelvien, M. le docteur Civiale fit sur la ligne médiane du périnée une incision de deux lignes de longueur. *La partie membraneuse de l'urètre* et les tissus qui la recouvrent furent incisés, le liquide épanché s'écoula par cette voie, et le malade guérit parfaitement.

Sans discuter ici les motifs qui ont fait préférer la taille à la lithotritie sur un sujet mal disposé, nous dirons un mot de l'incision médiane, cette ressource *précieuse* et toute *nouvelle* dont la découverte est, nous n'en doutons pas, due encore à M. Civiale; mais si avec lui nous reconnaissons son utilité quand on soupçonne une collection purulente dans la région périnéale, nous ne sommes pas disposés à admettre qu'elle puisse avoir la même efficacité pour une infiltration d'urine dans le petit bassin, et dans tous les cas nous ne voyons pas pourquoi elle doit intéresser la portion membraneuse de l'urètre, créant ainsi à la rigueur une nouvelle chance d'infiltration, à moins qu'on n'ait lieu de craindre que l'introduction préalable dans ce canal d'instrumens volumineux et mal dirigés, n'ait déterminé quelques déchirures dans cette partie de son trajet.

En supposant que le malade dont il est question ne fût pas dans ce cas, nous pensons que M. Civiale ne manquerait pas de matériaux, s'il voulait publier des observations sur ce genre d'accidens, en choisissant dans la *série de faits malheureux qu'il a observés et qui l'ont mis à même de faire les remarques qu'il présente.*

Tel est le résumé de l'article de M. Civiale, œuvre qui échappe véritablement à la critique, car s'il y a déclin sous le rapport du style, qui ne rappelle guère celui des premières lettres sur la lithotritie, il y a progrès manifeste dans l'art d'embrouiller les questions, de grouper des phrases et d'accumuler des assertions qui se contredisent mutuellement, de spéculer sur l'ambiguïté de la rédaction en parlant des travaux de ses confrères, de tirer d'un fait des conclusions opposées à celles qui en jaillissent naturellement.

Ainsi, que dire des raisonnemens à l'aide desquels M. Civiale préconise l'incision de la portion membraneuse de l'urètre comme *un moyen dont l'expérience a suffisamment constaté l'efficacité* contre l'infiltration d'urine dans le petit bassin, lorsqu'il les appuie sur deux observations, et que n'ayant pratiqué l'incision que dans un cas, les deux malades sont guéris. Quelle expérience que celle qui repose sur un seul fait, placé à côté d'un autre fait qui le contredit !

Que devons-nous penser de l'efficacité de la sonde introduite par une incision pratiquée au périnée, consécutivement à l'opération, pour faire cesser l'infiltration, lorsque M. Civiale nous affirme qu'elle est insuffisante pour la prévenir quand elle est pratiquée au moment même de l'opération?

Et le précepte d'introduire par cette incision une sonde dans la vessie pour donner issue à l'urine de cet organe, quand M. Civiale affirme qu'elle ne remplit qu'imparfaitement cet usage! car dès qu'il incise l'urètre, il est évident qu'il n'a pas pour but de donner seulement issue à l'urine infiltrée.

Et ces raisons d'après lesquelles M. Civiale se détermine à pratiquer sur un sujet épuisé la taille, qui comme on sait est une opération si dangereuse, de préférence à la lithotritie, qui est une opération si innocente!

Et ce cortège d'accidens, qui, d'après M. Civiale, indique l'infiltration commençante, *lésion contre laquelle les ressources de l'art sont presque toujours insuffisantes*, et en présence desquels il faut se contenter d'observer le malade et de faire des pressions méthodiques!

Et cet appareil de symptômes menaçans, qui, dans les deux observations, dénote à M. Civiale qu'il y a infiltration, et qui, dans le premier cas, cède à l'enlèvement de la sonde des voies naturelles, et dans le second à l'introduction d'une sonde par une voie artificielle !

Et cette prétention de qualifier de longue, une opération laborieuse de taille au haut appareil qui a duré cinq minutes !

Je m'arrête, ce que j'ai dit suffit pour faire apprécier les *considérations pratiques.* J'ai voulu seulement

moutrer aux jeunes praticiens qu'ils s'égarent, lorsque
cédant au désir de faire incessamment parler d'eux,
ils veulent conclure d'un petit nombre d'observations,
et tirer des conséquences générales de quelques faits
exceptionnels.

J'avais eu l'intention, en écrivant les réflexions qui précèdent, qu'elles fussent insérées dans le même journal qui avait publié l'article de M. Civiale; elles me paraissaient utiles, adressées ainsi aux lecteurs de cet article. Messieurs les rédacteurs du journal en ont jugé autrement : ils ont cru voir une question de personnes dans un écrit où j'avais eu l'intention de soutenir des principes, et ils ont refusé d'admettre ma réfutation.

Mon but était ainsi manqué; j'avais abandonné cette pièce, lorsque parut la quatrième lettre sur la lithotritie. Frappé de la liberté avec laquelle M. Civiale en agit avec ses confrères, il m'a semblé qu'il n'y avait pas de raisons pour que je gardasse le silence ; et croyant devoir faire des observations sur la quatrième lettre sur la lithotritie, je publie ensemble ces deux écrits.

A LA QUATRIÈME LETTRE

DE M. CIVIALE

SUR LA LITHOTRITIE.

Dans sa quatrième lettre sur la lithotritie, M. Civiale nous apprend, qu'en 1824, l'académie des sciences *imposa le nom de procédé Civiale, opération Civiale, découverte Civiale,* à ce nouveau mode opératoire pour l'extraction de la pierre de la vessie. Appuyé sur cette triple dénomination *imposée*, il se proclame sans hésiter le créateur de la lithotritie. Mais il oublie de nous apprendre aussi que, dans le rapport dont il se glorifie, il est dit que *des idées, sinon identiques, au moins analogues, étaient consignées, depuis 1813, dans une gazette allemande de Salzbourg, dont il devait ignorer jusqu'à l'existence.*

Les six derniers mots n'expriment-ils pas une supposition injurieuse à M. Civiale? Comment! ce chirurgien aurait vu échouer sur les bords du Rhin des relations qui ont franchi l'espace des mers pour arriver en Égypte et dans l'Inde? Mais chut! n'insistons pas contre cette supposition ; son admission était nécessaire pour mettre M. Civiale à l'abri du reproche de plagiat. A ce mot, il me semble l'entendre s'écrier : c'est un Zoïle qui m'accuse au profit d'un étranger, pour faire rejaillir sur la chirurgie allemande un honneur qui appartient à la chirurgie française, et *dénationaliser* ainsi une découverte dont l'honneur n'est dû qu'à moi! Mais est-on Zoïle, cesse-t-on d'être bon français parce qu'on révère le docteur Jenner comme le père de la vaccine?

Quand des découvertes, des inventions viennent du dehors, quels que soient les hommages rendus à leurs auteurs, il reste encore une part de gloire pour l'homme modeste qui importe et naturalise l'œuvre du génie d'une manière utile et bienfaisante. Ainsi, sans nous amuser à discuter, s'il faut dire la *découverte Civiale*, ou la découverte *Gruithuisen*, bornons-nous à examiner le mérite du nouveau procédé opératoire.

M. Civiale le place beaucoup au-dessus de l'opération de la taille ; et pour prouver la supériorité qu'il lui donne, il fait la censure de différentes opérations pratiquées par M. Dupuytren, opérations qu'il se plaît à déprécier, à présenter même comme fatales, pour établir un parallèle en faveur de la lithotritie. Il y aurait présomption de ma part à m'ériger en défenseur de M. Dupuytren, que je crois trop bien en mesure de repousser les attaques dirigées contre lui, s'il ne les dédaigne pas ; mais je suis autorisé à me défier des assertions de M. Civiale, parce que déjà il en a lancé contre moi de contraires à la vérité, et dont il m'a été facile de démontrer la fausseté. A cet égard, je lui dois la justice de dire que ces fausses assertions contenues dans une lettre adressée à l'académie des sciences, il les a sup-

primées en insérant cette même lettre dans sa quatrième
sur la lithotritie. Je prends acte de cette suppression
comme d'une rétractation qui m'était due après les explications que j'avais données.

M. Civiale devrait enfin renoncer à la manie de cher-
cher à étayer son système à l'aide de fausses données,
d'allégations injurieuses, d'accusations gratuites. Il est
si loyal, si beau de ne dire que la vérité, ou de lui faire
réparation, si l'on a eu le malheur de s'en écarter !

M. Civiale aura beau faire , tous ses efforts seront
vains pour faire surgir, des faits qui existent, la préémi-
nence qu'il ambitionne pour sa méthode ; car bien loin
de remplacer la taille, cette méthode n'est qu'excep-
tionnelle. M. Civiale lui-même en convient quand il
avoue qu'elle n'est point applicable aux grosses pierres,
et s'il veut être de bonne foi, il poussera son aveu jusqu'aux pierres moyennes, petites même, mais dures. Il
m'est plusieurs fois arrivé d'extraire des calculs de cette
nature, qu'il avait attaqués sans succès. Qu'il recon-
naisse donc que le domaine de sa lithotritie ne se compose que de petites pierres friables dont il pourra dé-
barrasser la vessie, si toutefois ses tentatives ne produi-
sent pas la perforation de cet organe, ou le déchirement
de l'urètre, comme elles en ont fourni plus d'un exemple.

La généralité des cas dont on dotait la lithotritie s'est
donc évanouie devant l'expérience. On n'a pourtant
rien négligé pour lui conserver une ample moisson ; on
a même porté les précautions et le zèle jusqu'à déna-
turer des pièces rendues publiques par la voie de l'im-
pression, et répandues par l'insertion dans les journaux.
Ainsi, quel bruit n'a-t-on pas fait de la lettre d'un célè-

bre chirurgien guéri par la lithotritie, auquel on faisait
dire ce qu'il n'a jamais pensé, ni écrit : *que la méthode
nouvelle remplaçait l'opération de la taille.* Il y avait
là une supercherie dont j'ai la preuve certaine; et je
puis dire, sans craindre d'être démenti par le célèbre
professeur dont il est question, qu'il maintient l'opération de la taille pour la généralité des cas, et qu'il réduit la lithotritie à des cas exceptionnels.

Pauvre cause que celle qu'il faut soutenir à l'aide du
mensonge et de la déception ! Mais ce système ne sau-
rait prévaloir : on voit au contraire que l'omnipotence
qu'on prétendait établir en faveur de la découverte que
M. Civiale appelle de son nom, avec la tendresse d'un
père heureux, on voit, dis-je, que cette omnipotence
si désirée, n'est qu'une mystification qui retombe sur
celui qui voulait l'imposer aux autres.

Voyons si M. Civiale sera plus heureux en soutenant
que son procédé n'a été funeste en d'autres mains qu'à
cause de l'imperfection des instrumens dont on s'est
servi, et de l'inexpérience des praticiens qui les ont employés.

Quant aux instrumens, s'ils diffèrent de ceux dont
M. Civiale fait usage, ils n'en ont pas moins été ac-
cueillis par des praticiens habiles, approuvés même par
l'académie des sciences, où leurs auteurs ne sont pas
restés sans récompense, sans témoignage honorable.

Le reproche d'inexpérience peut-il être admis contre
M. Dupuytren, dont les connaissances théoriques et
pratiques sont universellement connues? Sans m'occuper des faits malheureux de lithotritie qui lui sont
attribués par M. Civiale, dont les fréquentes inexacti-

tudes avertissent de se tenir en garde contre ses assertions, je vais jeter un coup d'œil sur la pratique de ce
dernier, imitant son exemple envers ses confrères.

En 1824, M. Civiale soumit à la lithotritie M. Turgot,
auquel il déchira l'urètre et perfora le rectum, ce qui
mit la vie du malade en danger. Opéré de la taille par
M. Dupuytren, M. Turgot fut débarrassé de la pierre,
et complètement délivré de l'infirmité que lui avaient
causée les funestes tentatives de M. Civiale. Ainsi, la lithotomie vint au secours de la lithotritie pour en ré-
parer les torts.

En 1826, le docteur Pétiet, de Gray (Haute-Saône),
se rendit à Paris pour y courir les chances du broiement de la pierre. M. Civiale lui déchira l'urètre dès
la première introduction de son lithotriteur. Il y eut
hémorragie et infiltration immédiate d'urine au périnée
et au scrotum : il se forma cinq dépôts qu'il fallut ouvrir successivement. Les douleurs qui résultèrent de
ces cruels accidens furent tellement affreuses, que le
docteur Pétiet déconcerté, effrayé par l'opération qui
lui était offerte comme la plus douce, repartit après
six mois de tortures, emportant avec sa pierre les
tristes effets de la lithotritie.

En 1828, M. Gasselin fut soumis, par M. Civiale,
aux tentatives du broiement de la pierre, à la suite
desquelles survinrent des accidens qui obligèrent à cesser ce traitement. Lorsqu'ils furent calmés, j'opérai ce
malade par le haut appareil, mais, au moment d'inciser
la vessie, j'ouvris un abcès considérable qui s'était dé-
veloppé, entre la paroi antérieure de cet organe et la
paroi abdominale, par suite de l'irritation de la litho-

tritie. Les symptômes graves qui s'étaient présentés et dont on n'avait pu préciser le point de départ, avaient tenu à la marche de cet abcès, dont on n'avait non plus soupçonné l'existence, et qu'on n'aurait pas été ouvrir à la profondeur où il était placé. Le reste de l'opération n'offrit rien de particulier. Dans ce cas, la lithotomie, en suppléant à l'insuffisance de la lithotritie, a eu le double avantage de délivrer le malade de sa pierre, et de fournir quelques chances en sa faveur pour la guérison d'une lésion qui aurait nécessairement déterminé, d'une manière prochaine, des désordres graves; malheureusement, ceux qui existaient l'étaient déjà trop, et le malade a succombé.

Dans cette même année, M. Le Senecal fut soumis par M. Civiale à des essais de broiement qui déterminèrent une hémorragie urétrale, de l'infiltration, des douleurs aiguës, etc., accidens qui vinrent s'ajouter aux souffrances déjà très-vives du malade et aggraver son état. J'espérai que l'opération en le délivrant d'une partie de ses angoisses, pourrait fournir quelque espoir de guérison, et de l'avis de M. le docteur Husson, je pratiquai le haut appareil; mais les lésions, suites du broiement, étaient trop profondes pour que la taille fût suivie de succès, comme l'autopsie a mis à même d'en juger, en montrant une déchirure de l'urètre et du corps caverneux, et une infiltration du scrotum, du périnée et de la partie supérieure de la cuisse.

A une époque récente (1833), M. le lieutenant-général Roguet se confia à M. Civiale, qui lui déchira l'urètre, dès la première introduction du lithotriteur; il survint hémorragie et infiltration : il se forma au scrotum un dépôt qu'il fallut ouvrir. Ces accidens furent accompagnés de douleurs atroces dont le malade ne fut entièrement délivré que quatre mois après, par l'extraction de la pierre que je fis par le haut appareil. Cette fois encore la lithotomie répara les ravages de la lithotritie.

Plus récemment encore, le secours de la lithotomie a été invoqué pour un calculeux que le traitement préparatoire de la lithotritie avait jeté dans un état tel que je dus refuser de pratiquer l'opération de la taille qu'il désirait, et qui lui avait été présentée comme la seule chance de salut qui lui restât. Cette observation est assez importante pour que j'en trace ici le sommaire ; elle prouve que, quelle que soit la dénomination sous laquelle on masque les diverses phases du traitement par le broiement, elles ont toutes leur danger.

M. Micali, négociant à Livourne, souffrait à la vessie depuis un an environ. Au mois de mars dernier, il fut sondé à Livourne et à Pise, on reconnut l'existence d'une pierre, et le malade se rendit à Paris pour se confier aux soins de M. Civiale. Ce chirurgien commença le 25 mai l'usage des bougies, dont on augmenta graduellement le volume pour dilater l'urètre, qui était libre d'ailleurs, et permettre l'introduction de l'instrument lithotriteur.

Quoique le malade ne gardât pas les bougies au-delà de quelques heures, elles lui causaient de la douleur, mais modérément ; on continua ainsi jusqu'à la fin de juin. A cette époque, M. Civiale ne put un jour introduire la bougie qui avait pénétré la veille, il la remplaça par une sonde élastique, qui elle-même ne pénétra qu'à

une profondeur de deux pouces à deux pouces et demi,
et en causant de vives douleurs. Ce fut avec grande
difficulté que le malade la conserva une heure, après
quoi il la fit retirer, et tout aussitôt un écoulement de
sang eut lieu par l'urètre, et continua avec abondance
jusqu'à ce que le malade tomba dans une syncope qui
dura plus d'une demi-heure, et la quantité de sang
qu'il perdit fut évaluée à trois livres au moins.

De ce moment, M. Micali, qui jusque-là se levait
chaque jour, se promenait dans son appartement, man-
geait, etc., fut pris de fièvre avec douleurs atroces, de
soif inextinguible qu'il ne pouvait pas étancher en bu-
vant dans les vingt-quatre heures plus de huit grandes
caraffées de boisson. Il ne quitta plus le lit, tout le
corps s'œdematia, excepté les jambes, il se fit dans
l'abdomen un épanchement considérable, les urines
devinrent épaisses, muqueuses, purulentes, d'odeur
ammoniacale ; le malade était épuisé.

Je vis alors M. Micali (16 juillet), qui me supplia de
l'opérer si cela était praticable, mais je m'y refusai,
jugeant son état désespéré, et je lui dis qu'il fallait que
sa position fût améliorée, que ses forces se relevassent,
que l'œdème et l'anasarque fussent disparus, avant
qu'on songeât à l'opération de la taille.

Deux jours après (le 18), M. Civiale provoqua une
consultation, composée de MM. le professeur Roux,
Baron et lui ; le malade exigea qu'on y admît un mé-
decin étranger, son ami, le docteur Martinengo, con-
seiller-d'état de l'empereur de Russie, ce à quoi M. Civiale voulait s'opposer, se fondant sur ce que ce con-
frère n'était point autorisé à exercer en France. Les

trois premiers consultans furent d'avis qu'il n'y avait de ressources que dans l'opération de la taille, et qu'elle devait être pratiquée sans délai. Le malade dit alors que, d'après cette décision, ce serait à moi qu'il aurait recours, ce dont M. Civiale s'efforça de le dissuader, se fondant sur des motifs que je dédaigne de rapporter.

Le lendemain (19), les trois consultans de la veille revinrent dans l'intention de pratiquer immédiatement l'opération si le malade était décidé à s'y soumettre, mais il ne les reçut pas et les fit remercier.

M. Micali succomba quatre jours après la consultation dans laquelle on avait décidé qu'il devait être taillé; il est permis de croire que la lithotomie pratiquée tout d'abord aurait eu un résultat moins funeste.

Je pourrais citer d'autres accidens graves dont j'ai rencontré les traces chez des malades qui se sont adressés à moi, après avoir été explorés, comme dit M. Civiale, ou lithotrités par lui. Mais de nouveaux exemples seraient superflus. Ceux qui précèdent ne suffisent-ils pas pour faire apprécier les prétentions et les accusations de M. Civiale? Quelque graves qu'il suppose les accidens qu'il attribue à M. Dupuytren, ceux qu'il a causés lui-même ne le sont sans doute pas moins, et ils sont de même nature; or, si sa pratique présente les malheurs qu'il impute à d'autres praticiens qu'il signale comme inexpérimentés, comme dépourvus de discernement dans le choix des instrumens, que doit-on penser d'un procédé dans l'emploi duquel le maître qui se proclame le plus habile, avec les meilleurs instrumens, éprouve des résultats aussi malheureux que ceux éprouvés par des praticiens qu'il

traite de novices, avec des instrumens qu'il juge im-
parfaits? Ce rapprochement prouve d'une manière évi-
dente que les accidens qui accompagnent cette méthode ne sont pas exclusivement le fait de la main
qui l'emploie, mais qu'ils sont inhérens au procédé
opératoire.

Que M. Civiale monte donc sur le pinacle qu'il s'est
érigé, et que, de là, il débite ses dogmes lithotritiques,
dicte ses leçons et donne ses préceptes; qu'il *recom-
mande* à tous, et nominativement à M. Dupuytren, *la
nécessité des expériences préliminaires, ainsi que celle
des précautions et des ménagemens qu'exige l'emploi
de la lithotritie,* afin de se préserver de *la gravité des
désordres* qu'il signale. Et ces mêmes *désordres* contre
lesquels il prétend prémunir les autres, il les renouvelle
lui-même en 1833, après les avoir causés dès 1824.
Il n'est donc pas étonnant que le procédé de M. Civiale
n'augmente point en crédit. Ses déclamations contre
les Zoïles, contre les ennemis qu'il croit voir partout,
ne prouveront pas qu'il est aussi facile à un déclama-
teur *d'imposer* la confiance au public, qu'au rapporteur
d'une commission *d'imposer* un nom à une *découverte.*

Les ambiguïtés, les inexactitudes, les contradictions
dont sont entachées les communications de M. Civiale,
déconsidèrent sa marche trop évidemment tortueuse.
A chacune de ses publications, ses assertions, ses calculs, ne sont plus les mêmes. Dans les rapports basés
sur ses deux comptes-rendus du traitement des calculeux à l'hôpital Necker, il est constaté dans le premier,
par M. Larrey, que sur 18 lithotritiés 5 sont morts; et
dans le second, par M. Double, que sur 43, 10 ont

succombé ; total 15. Eh bien ! dans la statistique des calculeux qu'il a traités depuis 1824, dont il porte le nombre à 244, il avance qu'il n'en a perdu que 5 ; et pourtant sa statistique doit comprendre sa pratique à l'hôpital Necker, où ses comptes-rendus ont déclaré 15 morts. Quand on lui oppose cette contradiction flagrante, il croit se soustraire à une juste censure en alléguant qu'il s'est glissé des inexactitudes dans les rapports, et que ces rapports ont donné lieu à de fausses interprétations. Mais ce subterfuge est trop grossier pour pouvoir réussir. Ne sait-on pas que messieurs les rapporteurs ne font leur travail qu'à vue des pièces qui leur sont soumises ; et peut-on penser qu'ils y mettent assez peu d'importance pour prendre un chiffre pour un autre ? Quant aux fausses interprétations, comment pourrait-il s'en glisser dans l'addition simple de deux nombres ? rien n'est moins sujet à interprétation que d'ajouter 5 à 10, et de voir qu'on obtient 15, nombre des morts à l'hôpital Necker, sur 61 lithotritiés énoncés aux deux comptes-rendus.

A propos de ce nombre de 61, aurait-on pu penser qu'après l'avoir inséré dans ses comptes-rendus, M. Civiale le prétendrait inexact dans les rapports qui n'ont fait que le transmettre tel qu'il l'avait donné lui-même? c'est pourtant ce qu'il a osé. Il a dit que ce nombre n'était que de 52. Entraîné par son idée fixe d'embrouiller les questions, il n'a pas songé qu'en diminuant le nombre des lithotritiés, il augmente la proportion des morts, puisqu'alors le nombre qui est de 15 porterait sur 52 au lieu de 61 calculeux lithotritiés. Aujourd'hui il nous présente une autre combinaison. Il

3

fait annoncer par les journaux qu'il a lithotritié 28 malades, dont un seul a succombé. Mais il ne dit ni qui, ni quand, ni où. Le passé rend le présent suspect. Il y aurait précipitation, duperie peut-être, à croire sans éclaircissemens (1).

Au milieu de l'imbroglio de ses allégations contradictoires, je ne trouve aucune réclamation de sa part sur le résultat publié de ses opérations de taille à l'hôpital Necker. Il nous permet de croire sans contestation que 6 morts du premier rapport, et 5 du second , font 11 morts sur 14 taillés. Comme M. Civiale reproche à M. Dupuytren d'avoir *rendu sa pratique fatale à la lithotritie*, on est bien en droit de lui adresser le même reproche sous le rapport de la taille, si toutefois ses revers pouvaient porter quelque atteinte à la méthode qu'ont transmise et perfectionnée tant de chirurgiens célèbres.

L'hôpital Necker ne sera plus le théâtre de pareilles fatalités, s'il est vrai, comme on me l'a dit, que l'administration des hospices ait pris un arrêté qui interdit à M. Civiale l'opération de la taille dans cet établissement.

---

(1) Et puisque je parle ici de journaux, je ne puis m'empêcher encore de remarquer la contradiction qui existe entre les actes et les paroles de M. Civiale , qui taxe et blâme M. Dupuytren d'avoir fait insérer l'éloge de la taille bilatérale dans le *Journal des Voyageurs* , et voilà que lui-même fait insérer dans les journaux politiques un prétendu résumé des résultats de ses opérations de lithotritie, dans lequel il reproduit les faux calculs qu'il a employés dans sa statistique et que j'ai déjà signalés. On peut lire ces annonces dans le *Messager*, le *Constitutionnel*, et si on veut encore dans le *Courrier français*, près de l'article du journal qui prévient que les insertions se paient 1 fr. 50 c. par ligne.

Je ne crois pas manquer aux égards que je dois à l'administration des hospices en faisant observer qu'avant d'accorder à M. Civiale la latitude exclusive dont il y jouit pour la lithotritie, une convocation des chirurgiens en chef des hôpitaux de Paris était une mesure de sagesse, propre à régler, comme il convenait, ce service considéré comme moyen de comparaison entre deux méthodes qui sont en litige, et comme moyen d'épreuve pour la lithotritie elle-même. Il me semble que, du centre de lumières et d'expériences que j'indique, serait sorti un plan de concurrence et d'inspection qui aurait assuré la connaissance des résultats.

Je sais que ma franchise peut m'exposer à l'animosité, au ressentiment de M. Civiale, qui ne supporte pas facilement la vérité quand elle l'attaque; mais cette considération ne pouvait arrêter ma plume, je m'en servais dans l'intérêt du progrès de l'art, et du soulagement de l'humanité. M. Civiale croit-il avoir détruit les observations de M. Heurteloup en les traitant de *pamphlets*? Et pense-t-il qu'il détourne celles de M. Leroy en essayant de les rapetisser par le nom de *courtes lettres*? Un écrit, quelque court qu'il soit, est au-dessus du sarcasme, s'il dit avec convenance ce que comporte la matière qu'il traite. Mais puisque nous parlons de la forme et du fond d'un écrit, comment caractériser la quatrième lettre de M. Civiale sur la lithotritie? Elle présente un amas d'inconvenances, d'injures, de diffamations qui font mettre en question s'il a fallu plus d'audace pour les écrire qu'il ne faut de sang-froid et de patience pour les lire. En m'élevant contre les écarts de M. Civiale, je suis soutenu par l'idée qui l'enhardissait lui-même en signalant des *malheurs. Je n'avais pas à craindre*, dit-il en terminant sa lettre, *d'altérer la bonne intelligence qui doit exister entre des hommes voués à la même profession.*

Ainsi, la même confiance qu'il avait pour son dernier factum, je puis l'avoir pour mes observations.

P. S. Aucun instrument, destiné à détruire la pierre dans la vessie, n'a échappé à l'improbation, au dédain de M. Civiale. Avec quel mépris ne traite-t-il pas le *percuteur courbe à marteau* de M. Heurteloup, et le *brise-pierre* de M. Jacobson? Cependant l'institut de France les a jugés dignes de participer aux *prix Monthyon,* le premier, pour un prix de 6,000 fr., et le second, pour un prix de 4,000 fr.

Voilà des actes bien opposés aux appréciations de M. Civiale, qui paraît se croire en droit de prononcer comme juge suprême. Son désappointement vaudra sans doute au public une cinquième lettre sur la lithotritie, dans laquelle l'auteur démontrera, plus heureusement qu'il ne l'a fait dans la quatrième, les imperfections et les vices de ces deux instrumens, afin que l'institut éprouve le regret de ne s'être pas livré aux impulsions du *père de la lithotritie.*